**BIBLIOTHÈQUE CHRÉTIENNE
DE L'ADOLESCENCE ET DU JEUNE AGE,**
publiée avec approbation
de Monseigneur l'Evêque de Limoges.

LE
DEVOUEMENT CHRÉTIEN

PAR

M. L'ABBÉ M...

F.F. AF

LIMOGES

F. F. ARDANT FRÈRES,

rue des Taules.

PARIS

F. F. ARDANT FRÈRES,

quai de Augustin, 23.

LE

DEVOUEMENT CHRÉTIEN.

INTRODUCTION.

IL est des âmes qui semblent avoir été
créées tout exprès pour édifier la
terre, et qu'on dirait destinées à servir
comme de jalons que Dieu place de
loin en loin sur le chemin de cette vie
pour que les pauvres voyageurs chrétiens qui le suivent et qui veulent sincèrement aller de là au ciel ne se

trompent jamais de route, et qu'ils puissent, au moyen de ces signaux précieux, éviter tous les précipices et surmonter tous les obstacles dont on sait que la route étroite et difficile du salut est abondamment semée.....

Dans ce nombre peut être classée la jeune personne dont nous essayons d'esquisser ici quelques traits de cette vie édifiante et chrétienne qui contribue le plus à faire les saints, et dont nous la verrons donner elle-même constamment l'exemple, ainsi qu'on pourra s'en convaincre par le récit abrégé que nous allons faire de ses principales vertus, notamment de ses sentiments et de sa conduite envers Dieu, et de la charité qui l'a en même temps distinguée dans tous ses rapports avec le prochain.

L'exemple que nous présentons ici à l'enfance et la jeunesse des deux sexes est celui d'une jeune enfant qui, par sa conduite surtout à l'égard du prochain, mérita d'être remarquée, dès ses premiers ans, entre tous les autres enfants de son âge, et qu'on n'appela bientôt plus, dans tout le pays qu'elle habitait, que *la petite sœur de charité*, tant étaient grands aux yeux de tous son amour et surtout son empressement et son zèle pour les pauvres, et en général pour tous les malheureux.

Citons d'elle quelques traits qui nous aideront à la bien connaître et qui pourront servir de modèle à plusieurs, surtout aux enfants de son âge, et même à de plus grandes personnes, souvent trop ignorantes et trop insensibles par rapport aux devoirs pourtant formels que nous prescrivent à tous et l'amour que nous devons témoigner à notre Dieu, et celui que nous sommes tenus de pratiquer aussi à l'égard de notre frère prochain...

I

ENFANCE DE MARIE.

Marie naquit en France, vers le commencement des guerres de l'Empire, et dans une jolie petite ville de Normandie, du baron de Saint-Aubin, jeune homme d'une grande distinction, que sa bravoure et ses hautes connaissances militaires avaient signalé de bonne heure à l'attention de tous ses chefs, et qu'elles avaient fait bientôt arriver à un grade très honorable qui l'élevait fort au-dessus de ses nobles compagnons d'armes. Sa mère, qui était une des filles les plus dinstinguées du Béarn, et qui était surtout fort remarquable par sa piété et par les grandes vertus de son cœur éminemment religieux, avait compris, ainsi que son noble et digne époux, que l'enfant chéri que le ciel venait de leur donner était un

trésor dont le Seigneur leur demande-
rait compte un jour, et dont ils devaient
par conséquent prendre un soin tout
particulier ; aussi s'appliquèrent-ils à
veiller de bonne heure sur leur chère
enfant, et à la rendre, autant que cela
pourrait dépendre d'eux , digne des
regards et des bénédictions de Celui
qui la leur avait donnée ; et comme
cette précieuse enfant était, en quelque
sorte, prédestinée à servir de modèle à
plusieurs, on ne saurait dire combien
furent admirables sa docilité et son
empressement à profiter des leçons de
vertu que ses pieux parents s'appliquè-
rent à lui donner, et de la piété qu'ils
s'efforcèrent de faire naître et croître
chaque jour dans sa jeune âme, déjà si
naturellement et si bien disposée par
Celui-là même qui la préparait secrè-
tement et invisiblement par les tou-
ches de sa grâce divine... Voyons-
la, en effet, quand elle était toute
petite encore et qu'elle commençait à
peine à bégayer quelques mots qu'elle

était encore trop jeune pour pouvoir comprendre ; voyons-la, assise sur les genoux de sa tendre mère, envoyant pieusement d'innocents baisers au petit enfant Jésus et à l'auguste et divine Vierge dont sa pieuse mère avait déjà commencé à lui parler avec amour, et qu'elle lui apprenait à vénérer ainsi, à sa manière, par ses petits témoignages extérieurs de tendresse et de religion qui les faisaient naturellement aimer de bonne heure l'un et l'autre, avant même que la jeune enfant pût savoir et comprendre ce qu'étaient Jésus et Marie, et pourquoi il fallait les aimer de tout son cœur et leur en donner des preuves dès son plus bas âge...

II

DIX ANS PLUS TARD.

La jeune Marie avait grandi, et sa

raison, naturellement fort précoce, s'était développée d'une manière étonnante sous les yeux et par les soins de sa vertueuse mère.

Son amour pour le bon Dieu avait pris une extension qui tenait, pour ainsi dire, du prodige : aussi la plus douce récompense que la pieuse baronne pût accorder à sa chère enfant, quand elle avait été bien contente d'elle, et le plus grand plaisir qu'elle pût lui faire quand elle voulait la récompenser, c'était de la conduire avec elle à l'église et d'y rester quelques moments, soit pour assister à un exercice public, soit pour y faire des prières particulières en la présence des saints autels. Il fallait voir alors combien la jeune Marie était contente et heureuse, et avec quel charme ravissant elle joignait ses petites mains et se tenait pieusement en prière devant l'autel du Dieu souverainement bon, que sa tendre et vertueuse mère lui avait alors appris à connaître et à aimer !...

Rien n'intéressait et ne touchait plus la céleste enfant que quand, en entendant prêcher la parole de Dieu, elle entendait raconter les détails et les preuves de l'amour de Dieu pour les hommes, ce qu'il avait fait pour eux, et surtout ce qu'il avait souffert pour le salut commun... Ce qui l'intéressait et la touchait aussi non moins vivement, c'était les détails de la vie, des vertus et de l'amour pour les hommes de l'auguste Vierge Marie, la mère de Dieu et la nôtre... Oh ! combien alors on la voyait pieusement recueillie, pénétrée et touchée ! Que de fois on la vit, en entendant raconter tous ces touchants détails, répandre des larmes d'amour et de reconnaissance, jusqu'au point de faire pleurer d'attendrissement ceux qui l'entouraient et qui ne pouvaient se lasser d'admirer la touchante piété de cette céleste enfant qui paraissait à tous un ange caché sous la belle figure [de cette jeune fille

qui semblait plutôt faite pour le ciel
que pour la terre !...

Cependant le temps était venu où
la jeune et pieuse enfant devait s'occuper de sa première communion ; et
l'on comprend aisément tout ce que
sa vertueuse mère mit de soins et de
zèle pour préparer cette jeune et belle
âme à la grande et sublime action d'où
dépend, presque toujours, le bonheur
de toute la vie, et souvent aussi celui
de l'éternité même.

« Fais bien attention, ma bonne
» Marie, lui disait un jour, à ce sujet,
» sa pieuse et sainte mère, fais bien
» attention que l'action à laquelle tu te
» prépares est la plus grande et la plus
» importante action de ta vie, et que
» c'est aussi la plus grande faveur
» à laquelle le bon Dieu puisse t'appe-
» ler ! Un Dieu, c'est-à-dire ce qu'il y
» a de plus grand et de plus saint dans
» l'univers, celui que les anges et les
» saints adorent en tremblant dans le
» ciel ; ce Dieu qui doit être un jour

» notre éternelle récompense, si nous
» lui sommes bien fidèles jusqu'à notre
» mort; ce Dieu, venir lui-même
» habiter dans ton cœur, et s'abaisser,
» par amour pour toi, jusqu'à vouloir
» nourrir ton âme de son corps et de
» son sang divins ? Comprends-tu
» combien il faut qu'il t'aime pour
» t'accorder une si grande faveur, et
» combien il mérite, par conséquent,
» que tu l'aimes toi-même de tout ton
» cœur et de toutes tes forces ?... »
— « Oh ! oui, maman, je le comprends,
répondait la douce Marie ; mais n'est-
ce pas, bonne mère, que tu m'aideras
à le mieux comprendre encore, et que
tu m'apprendras surtout à me bien
préparer à une si grande et si sainte
action dont je me sens si peu digne?... »
Et la mère et la fille confondaient
alors leurs larmes ensemble : l'une,
pour mieux exprimer à sa bonne mère
combien elle souhaitait ardemment de
faire une bonne première communion ;
l'autre, pour témoigner à sa fille com-

bien elle désirait la voir devenir un ange véritable par sa piété et par l'amour qu'elle s'efforçait de lui inspirer pour le Dieu souverainement bon qui avait daigné choisir le cœur de sa chère enfant pour en faire le tabernacle vivant de sa divinité et de son humanité adorables.....

Ce fut dans ces beaux et admirables sentiments, et avec les soins si précieux de sa vertueuse mère, que la jeune Marie put se préparer dignement au grand jour, et qu'après s'y être préparée de la sorte, on la vit approcher, pour la première fois, de la table sainte, quand fut arrivé pour elle le jour mille fois béni que ses compagnes et elle avaient tant désiré, et qui devait les rendre toutes si heureuses, en les nourrissant de Dieu même et en les enrichissant des plus grandes grâces...

Ici nous n'essaierons pas de dire le recueillement ni la joie de Marie en ce jour béni que ne sauraient jamais oublier ceux qui ont eu le bonheur d'en faire la douce expérience. Tout ce que nous ajouterons à ce qu'il est facile d'imaginer, c'est que l'âme de la jeune et pieuse enfant était, sans contredit, ce jour-là, plus blanche et plus pure que la blanche robe dont elle était en ce jour parée, et que son cœur, saintement préparé, portait intérieurement des fleurs peut-être encore plus fraîches, plus nombreuses et plus belles que celles dont on avait paré le saint autel et le divin sanctuaire dans lequel avait été dressée la table mystérieuse à laquelle étaient appelés à s'asseoir les heureux convives de cette grande et solennelle journée...

Le baron de Saint-Aubin n'avait pas pu avoir sa part directe des joies et du bonheur de sa chère petite Marie, ni de ceux dont avait été rempli ce jour-là le cœur de sa vertueuse épouse. Les événements et son grade militaire, qui le retenaient presque toujours au milieu des camps, l'avaient forcé de suivre les armées françaises qui se battaient, à cette époque, et depuis quelques mois, dans les plaines glacées de la Russie ; mais la baronne n'avait pas manqué de lui faire part de la grande nouvelle et de l'événement mémorable qui allait la rendre si heureuse, elle et leur enfant bien-aimée...

Ce fut donc une grande privation et un vrai sacrifice pour le baron que ce contre-temps qui était venu se mettre au travers de ses désirs et du bonheur si grand qu'il eût certainement éprouvé. s'il n'eût pas été contraint de se séparer de ce qu'il avait de plus cher au monde, surtout dans une circonstance qu'il avait longtemps rêvée, et à laquelle il lui eût été si doux de s'unir en personne ; mais au moins il put en lire, peu de temps après, tous les détails ; et assurément que les douces paroles de la baronne et de l'innocente Marie, jointes aux ferventes prières que l'une et l'autre n'avaient pas manqué de faire pour lui, lui arrachèrent bien des larmes et lui firent offrir bien des vœux au ciel, quand il eut acquis la certitude que son enfant avait éprouvé maintenant la plus douce et la plus grande félicité qu'il soit donné à une créature d'éprouver ici-bas...

III

HEUREUX EFFETS DE LA PREMIÈRE COMMUNION DE MARIE.

UNE première communion bien faite a toujours opéré de grands et heureux effets, quelquefois même des prodiges de grâces dans le cœur de ceux qui ont eu le bonheur de jouir de cet inestimable avantage ; et telles furent les suites de la première communion de Marie de Saint-Aubin.

Cette aimable et angélique enfant avait apporté trop de soins et trop de pureté à cette grande et importante

action de sa vie pour que le Seigneur
ne la bénît pas plus largement même
qu'il ne le fait ordinairement ; aussi
peut-on dire qu'à partir de cette époque, Marie ne fut plus en quelque
sorte une créature ordinaire, mais
qu'elle parut bien plutôt comme un
ange revêtu d'un corps terrestre...
Non-seulement sa piété et sa ferveur
prirent un accroissement toujours plus
remarquable, mais ce qui la fit surtout
bientôt devenir un modèle achevé pour
toutes les jeunes personnes, c'est principalement sa charité qui s'exerçait sans
cesse à l'égard de tous ceux qui lui
semblaient mériter soit quelques secours, soit au moins quelques paroles
d'encouragement ou de compassion,
ou bien quelques services qui puissent
leur être utiles.

Parmi ceux qui furent des premiers
à éprouver les effets de sa tendre et
religieuse charité, et sur qui se portè-
rent d'abord la tendresse et la compassion de son cœur naturellement

très sensible, il faut remarquer les domestiques de la maison de son père. Marie avait pour eux tous une charité compatissante, et elle était touchée de les voir soumis à tant de peines qu'ils étaient obligés de se dévouer sans cesse pour des personnes qui, selon elle, n'étaient, après tout, que leurs semblables selon la nature, et qui étaient peut-être, en même temps, des créatures beaucoup plus chères et plus agréables à Dieu, pour les qualités de leur cœur, que ceux qu'ils étaient obligés de servir, uniquement parce qu'ils étaient plus pauvres qu'eux, et qu'ils avaient besoin d'eux pour se procurer leur pain de chaque jour. C'est à cause de tout cela que Marie ne pouvait souffrir que les domestiques fussent grondés, surtout si elle s'apercevait qu'on l'avait fait à contre-temps et avec trop de sévérité ; aussi que de fois ne la vit-on pas s'interposer généreusement elle-même auprès de sa mère, plaider doucement leur cause, et excuser, ou

tout au moins expliquer leur tort, sup-
pliant, quelquefois avec larmes, qu'on
les leur pardonnât, et promettant pour
eux qu'ils n'y retomberaient plus !...
Un d'entre eux ayant mérité, un jour,
d'être renvoyé pour ses insolences et
son peu de respect à l'égard de la baronne, celle-ci crut devoir en venir à
cette extrémité, et le congé fut donné
au serviteur coupable, ne fût-ce
que pour donner une forte leçon
aux autres domestiques qui ne semblaient que trop disposés à suivre
l'exemple contagieux qu'ils avaient eu
jusque-là sous leurs yeux. Cet événement, en mettant bien vite à la raison
tout le personnel des serviteurs que
cet acte de sévérité fit rentrer complètement dans le devoir, cet événement,
dis-je, n'en était pas moins un coup
accablant pour le malheureux domestique congédié qui était père d'une
nombreuse famille, et que son renvoi
allait jeter dans une affreuse misère à
laquelle il lui serait bien difficile, sinon

impossible, de remédier. Marie comprit tout de suite combien allait être affreuse la position de cette famille désolée ; et la femme et les enfants étant venus implorer auprès d'elle la grâce du coupable, l'innocente et charitable enfant plaida si bien auprès de sa mère le pardon du domestique insoumis, et elle fit si bien ressortir la rigueur de l'état de misère où allait être réduite cette famille malheureuse , qu'elle amena le coupable à faire des excuses et des promesses sincères en la présence de tous les autres domestiques, que la baronne se laissa toucher, et il fut décidé que le serviteur resterait encore dans la maison... Qu'on juge si les domestiques, qui avaient été témoins des larmes et de la conduite de leur jeune maîtresse en cette rencontre, et qui savaient aussi combien cette chère enfant avait été toujours bonne et charitable pour eux, furent touchés de ses nobles sentiments à leur égard !... Aussi lui vouèrent-ils

sincèrement et à l'envi une affection
et un dévouement inaltérables, si bien
que rien de semblable à ce qui vient de
se passer ne se vit plus jamais dans la
maison ; et cet événement fit une si
vive impression sur tous, qu'il était
évident qu'à partir de ce jour tous les
cœurs avaient été complètement gagnés
à la baronne et surtout à la jeune
Marie, qu'on n'appelait plus dans la
maison que l'ange tutélaire des domestiques...

IV

DIVERS ÉVÉNEMENTS SUCCESSIFS.

DES événements malheureux et suc-
cessifs vinrent, à des époques très rap-
prochées, jeter la consternation et la
misère parmi les pauvres familles qui
habitaient les terres près desquelles
vivait, avec sa fille, la vertueuse ba-

ronne de Saint-Aubin : divers incen-
dies qui réduisirent plusieurs pauvres
cabanes en cendres, un orage affreux
qui emporta presque toute la récolte
du pays, une affreuse maladie qui
éclata tout-à-coup au milieu de la
contrée, et qui vint, dans l'espace de
quelques mois seulement, jeter l'épou-
vante, la désolation et la mort presque
partout, c'en était mille fois trop pour
des gens qui avaient déjà tant de peines,
même avec leur travail ordinaire et
jusque dans les années d'abondance, à
se procurer le morceau de pain commun qui devait les faire vivre eux et
leurs enfants ; mais tous ces désastres
réunis ne furent que comme un nouveau théâtre sur lequel la Providence
semblait appeler et vouloir faire briller
la charité inépuisable de la jeune Marie,
ainsi que celle de sa vertueuse mère...
Tous les jours, en effet, et jusqu'à ce
que tous ces désastres fussent réparés,
on les vit l'une et l'autre, un panier
de provisions passé au bras, et accom-

pagnées d'une servante qui avait leur
confiance, s'acheminer vers quelqu'une
des pauvres demeures que la misère
et le malheur avaient visitées, et où
elles allaient porter des consolations et
des secours; aussi ces âmes charitables
étaient-elles partout accueillies avec la
plus vive joie et avec des larmes et des
paroles de reconnaissance et d'amour
que suivaient toujours, à leur départ,
les plus grandes comme les plus touchantes bénédictions des malheureux
qui venaient d'être consolés et secou-
rus. Celle qui excitait le plus l'enthou-
siasme et l'attendrissement des pauvres
familles qu'on visitait pour les secourir,
c'était la jeune et intéressante Marie,
que ce spectacle, encore tout nouveau
pour elle, des misères et des dures
épreuves de ce monde, rendait toujours
plus ardente pour voler au secours de
ceux qui souffrent. Qui n'aurait pas été
touché, en effet, en voyant le bonheur
et la grâce avec lesquels cette noble et
digne enfant s'empressait d'accourir

auprès des pauvres malades qui gisaient
tout souffrants sur le pauvre grabat
où semblaient s'être assis avec eux les
douleurs, souvent les plus cuisantes,
la misère la plus affreuse, les privations
les plus dures, et presque toujours le
dénûment le plus absolu ? Combien de
fois ne vit-on pas cet ange charité
adresser aux infortunés qu'elle visitait
des paroles si douces et si chrétiennes,
pour les exhorter à la patience et à la
confiance en Dieu, qu'elle excitait leur
admiration, et qu'elle finissait par leur
arracher des larmes abondantes, toujours suivies de promesses sincères de
se montrer désormais plus chrétiens,
et puis, après cela, des paroles de re-
mercîment les plus tendres et les plus
affectueuses ?...

Un jour que, accompagnée de sa
mère et de la servante fidèle qui ne les
quittait pas, Marie était entrée dans
une pauvre chaumière où l'indigence
et les privations semblaient plus grandes que dans beaucoup d'autres pau-

vres maisons, elle trouva étendue sur
un mauvais grabat une pauvre femme
âgée et infirme qui n'avait pour tout
aide autour d'elle que de pauvres
petits enfants encore bien jeunes, que
la mort avait rendus orphelins depuis
peu, et qui étaient encore trop petits
pour procurer aucun soulagement à
leur grand'mère infirme et alitée...
L'admirable petite sœur de charité,
comprenant tout de suite qu'il y avait
non-seulement une grande misère,
mais encore et par conséquent de
grands besoins dans la pauvre cabane,
se mit aussitôt en devoir de rendre à
la pauvre femme souffrante tous les
services les plus pressants qu'il serait
en son pouvoir de lui rendre : aidée
de sa mère et de la servante, elle se
mit donc aussitôt à l'œuvre, et fit préparer, avant tout, un bon feu autour
duquel les pauvres petits, qui étaient
transis le froid, s'empressèrent de se
rassembler pour réchauffer leurs
membres grelotants; et en même temps

que ce feu ramenait peu à peu la vie
dans tous ces petits corps qui en avaient
tant besoin, elle fit chauffer de l'eau
et préparer un grand bassin dans lequel
elle voulut elle-même laver les pieds
à demi glacés de la pauvre infirme à
qui, pendant qu'elle prenait ce bain
régénérateur, toutes trois s'empressèrent de refaire le pauvre lit qu'on dis-
posa de manière à ce qu'il pût soulager
un peu les membres fatigués de celle
qui y avait passé jusque-là de si longs
jours et surtout des nuits si pénibles.

Le grabat ainsi arrangé du mieux
qu'il fut possible de le faire, et les
pieds de la pauvre infirme étant lavés ,
Marie aida à y replacer tout doucement
la pauvre vieille, qui, en entrant dans
cette couche fraîchement rappropriée ;
ne put s'empêcher de remercier en
pleurant l'ange de charité qui venait
de lui rendre un si grand service, et
de lui souhaiter toutes les bénédictions
du ciel pour le grand bien qu'elle
venait de lui faire... Marie, à son tour,

l'embrassa aussi elle-même avec la plus touchante affection, et l'engagea, en lui faisant baiser avec respect la sainte médaille qu'elle portait toujours suspendue à son cou, à ne pas oublier de son côté le bon Dieu et sa divine mère, qui étaient, disait-elle, les premiers auteurs du bien qui venait de lui être fait. Elle embrassa aussi tendrement, l'un après l'autre, tous les petits enfants qui étaient ravis de voir une si belle demoiselle s'abaisser jusqu'au point de s'occuper de la sorte de pauvres petits enfants aussi misérables qu'eux, et à qui Marie recommanda ensuite de rendre à leur bonne grand'-mère tous les petits services que leur âge pourrait leur permettre de lui rendre ; elle laissa pour eux quelques petites provisions toutes prêtes, dont les pauvres petits paraissaient avoir grand besoin, fit donner à la pauvre infirme tout ce dont on pouvait disposer en ce moment, promit de nouvelles visites et de nouveaux secours, et laissa ensuite cette intéressante et si pauvre famille émerveillée de tant de bontés, mais peut-être encore moins heureuse qu'elle ne l'était elle-même, par la grande joie que lui faisait éprouver en son âme la pensée du bonheur qu'elle avait apporté et qu'elle laissait alors dans cette maison si triste et si dénuée au moment où elle y était entrée avec sa mère.

« Oh ! maman, disait-elle à sa bonne
» mère, en sortant de cette pauvre
» habitation, oh ! maman, qu'il est
» triste de voir tant et de si grandes
» misères ! mais aussi comme nous
» sommes heureux, nous autres riches,
» que le bon Dieu nous ait mis dans
» une position qui nous permette d'a-
» porter au moins quelque soulagement
» aux épreuves de ceux qui souffrent
» ainsi ! » — « Tu as raison, ma fille,
» lui répondit la vertueuse baronne ;
» oui, sans doute, c'est bien triste pour
» les pauvres d'avoir tant à souffrir ;
» mais, au moins, rappelons-nous que

» ces épreuves , si elles sont souffertes
» bien patiemment , seront pour les
» pauvres eux-mêmes un moyen puis-
» sant et facile de gagner le ciel ; et
» songeons aussi qu'il est bien doux
» pour les riches de les pouvoir soula-
» ger ; surtout n'oublions jamais que
» tout ce qu'on fait pour eux, quand
» on le fait avec un véritable esprit de
» religion et de charité, c'est comme
» si on le faisait à Dieu même , qui
» nous en tiendra compte certaine-
» ment, et qui nous en récompensera
» un jour dans le ciel, selon cette
» parole de Jésus-Christ même, qui a
» dit : *Toutes les fois que vous avez rendu*
» *quelque service au moindre de mes*
» *frères , c'est à moi-même que vous*
» *l'avez rendu* (Matth., 25, 40)... »

Tels étaient les principes et les en-
seignements chrétiens que la baronne
de Saint-Aubin donnait à sa fille, toutes
les fois qu'une occasion se présentait
de le faire ; et comment s'étonner,
après cela, qu'avec le penchant et les

dispositions naturelles que l'angélique Marie avait à les mettre en pratique, sa conduite fût toujours conforme à ce que sa vertueuse mère savait si bien lui inspirer !...

V

UN BLESSÉ.

Un jour que le mauvais temps avait empêché la baronne et sa fille de sortir pour faire les courses accoutumées que leur charité commune les portait à faire journellement, on vint avertir au château qu'un roulier qui passait près de là, avec une charrette lourdement chargée, venait de tomber malheureusement sur le chemin, où il avait eu le pied tout fracassé, sans plus pouvoir faire un pas, si on ne venait promptement à son secours.

C'en fut assez pour la jeune Marie
et pour sa tendre mère à qui le ciel
semblait envoyer l'occasion de faire
encore un peu de bien ce jour-là,
comme pour les dédommager l'une et
l'autre de ce que le mauvais temps
avait semblé d'abord vouloir leur ravir
des nouveaux mérites qu'elles s'étaient
peut-être promis pour cette journée...

A peine cette nouvelle fut-elle par-
venue au château que toute la maison
se mit à l'instant sur pied : madame de
Saint-Aubin, qui connaissait le bon cœur
et le dévouement de tous ses domestiques, ne craignit pas de faire aussitôt
un appel général à leur charité ; et en
un instant elle les vit tous rassemblés
devant elle et prêts à exécuter tout ce
qu'elle aurait à leur prescrire : des
ordres furent donc promptement donnés au sujet de l'événement qui venait
d'avoir lieu ; et tandis que les femmes
se mirent aussitôt à préparer, à la
maison, une chambre et un bon li
pour le blessé qu'on allait recueillir,

2..

quatre domestiques furent désignés pour aller relever sur la route cet infortuné qu'on y avait laissé étendu et presque mourant. Un autre fut expédié, en même temps, auprès d'un médecin habile qui fut prié de venir promptement au château pour y visiter et y soigner le pauvre malade qu'on y allait transporter ; et enfin l'ordre fut donné aussi de conduire en même temps dans les écuries du baron de Saint-Aubin la charrette du pauvre Firmin., qu'il eût été dangereux de laisser plus longtemps toute seule sur un chemin où passaient à tout instant toutes sortes de personnes, et qu'il était par conséquent prudent de mettre tout de suite en un lieu de sûreté où il n'y eût plus rien à craindre, tant dans l'intérêt de l'infortuné roulier que pour la libre circulation des passants sur la route, un moment obstruée par cet événement inattendu...

Les domestiques de la baronne mirent tant de diligence dans l'exécution des ordres qui leur avaient été donnés, qu'en moins d'une demi-heure la charrette était dans le lieu où elle devait être provisoirement remisée, et que le blessé lui-même était doucement déposé dans la chambre et sur le lit qu'on lui avait préparé.

Le médecin qu'on avait fait apeler arriva aussi presque en même temps; et après avoir posé un premier appareil sur la blessure qu'il trouva fort grave, il prescrivit un régime qu'on écouta fort attentivement et qu'on se fit un devoir de suivre de point en point; personne ne voulant, dans la maison, assumer sur soi la responsabilité des suites fâcheuses que paraissait craindre le docteur, par rapport au pauvre malade dont tous désiraient sincèrement la prompte et entière guérison.

Malheureusement il ne devait pas en être ainsi, et Marie, qui ne quittait pas le lit du blessé, et qui avait tout de suite compris le peu d'espoir qu'il y

avait de conserver ce pauvre malade,
n'oublia rien de tout ce qui avait été
prescrit pour que cet infortuné reçût
tous les soins et toutes les consolations
si nécessaires en une si triste circonstance.

Aussitôt que la baronne eut appris
qui était cet homme et d'où il venait,
elle s'occupa d'abord de faire mettre
en sûreté tous ses papiers et le peu
d'argent qu'il avait apporté avec lui ;
puis elle écrivit, le même jour, à sa
famille, afin de l'informer de l'événement
qui avait eu lieu ; enfin elle demanda
que quelqu'un des parents se rendît
au château pour y voir le malheureux
père de famille et décider ce qu'il y
avait à faire par rapport aux marchan-
dises dont la charrette était chargée, et
dont on n'aurait trop su que faire sans
la présence de quelqu'un des intéres-
sés....

Malgré les soins intelligents et
assidus du docteur qui avait été appelé,
et malgré ceux que ne cessaient de

donner au pauvre malade les personnes charitables qui l'avaient recueilli , la nuit fut très mauvaise ; la fièvre s'était presque aussitôt déclarée, et l'on voyait avec douleur que la tête commençait à se prendre, et qu'il y avait par conséquent à craindre qu'il fût trop tard, si l'on différait de parler au malade des sacrements dont on ne voulait pas qu'il fût privé.

Ce fut Marie, dont la charité et la foi étaient si vives, qui se chargea la première de parler au pauvre blessé de la nécessité et des grands avantages qu'il y avait pour lui de recourir à Dieu en tout temps, mais surtout dans une circonstance pareille. La pieuse et charitable enfant mit tant de prudence, de bonté et d'onction dans les quelques paroles qu'elle adressa, à ce sujet, à son cher protégé, qu'elle n'eut pas de peine à le faire consentir à ce qu'on appelât auprès de lui un prêtre pour le confesser. Le curé de la paroisse fut donc prié de venir ; et Firmin, que les exhortations de Marie avaient admirablement disposé, se confessa dès le jour même, avec des sentiments de repentir et de foi tels qu'ils excitèrent l'admiration et les larmes de tous ceux qui purent le voir et l'approcher, après que le confesseur se fut retiré...

Le mal faisant des progrès, et comme on craignait des suites toujours plus fâcheuses, il fut décidé que le malade recevrait, le lendemain, le Saint-Viatique et l'Extrême-Onction, sacrements précieux et bien nécessaires auxquels Marie et sa bonne mère se firent un devoir de préparer l'infortuné malade, qui était toujours plus touché des soins affectueux et charitables qu'il ne cessait de recevoir dans cette maison bénie depuis le moment qu'il y était entré...

Ce fut peu d'instants après la réception des derniers sacrements qu'arrivèrent au château la femme de Firmin et deux de ses enfants aînés qui l'avaient accompagnée. Comme on le pense bien, l'entrevue de ces bonnes gens avec le moribond fut des plus touchantes ; et quand Firmin eut lui-même fait connaître tous les soins affectueux et toutes les prévenances dont il avait été jusque là l'objet, ce ne fut plus qu'un concert prolongé de bénédictions, mêlé des larmes de la plus vive reconnaissance de la part des pauvres gens si grandement éprouvés, et suivi des plus touchants témoignages d'amitié et d'intérêt de la part des personnes charitables qui l'avaient provoqué...

Il était temps que cette réunion fût effectuée, car la femme de Firmin et ses deux enfants semblèrent être arrivés au château tout juste pour recueillir le dernier soupir du pauvre agonisant. Celui-ci mourut, en effet, dans cette même journée ; et ce ne fut pas sans pouvoir remercier encore une fois et avec effusion les personnes pieuses et compatissantes qui avaient pris un soin si tendre et si assidu de lui et de sa pauvre famille désolée.

Marie, pour qui ce spectacle de la mort était encore tout nouveau pour elle, ne pouvait se résigner à l'épreuve si pénible qui était venue déchirer son cœur naturellement si bon et si sensible. Elle sanglotait et versait des larmes abondantes en la présence du corps inanimé et presque glacé de ce pauvre malheureux qu'elle avait déjà commencé à considérer comme son ami. Elle pria sa mère, qui en avait déjà eu la pensée, de se charger toute seule du prix des funérailles de leur ami commun ; sur l'invitation de la baronne, tous les domestiques du château assistèrent au convoi funèbre du pauvre décédé, qui, sans cela, eût été porté seul à sa dernière demeure et elles-mêmes (la baronne et sa fille) allèrent attendre le convoi à l'église, pour assister à la *messe de mort* qui devait suivre la cérémonie funèbre.

Non contente de tous ces pieux témoignages de charité évangélique, Marie obtint de sa pieuse mère la permission de faire mettre sur la tombe du pauvre Firmin une croix de bois qui pût désigner la place où devait désormais reposer le corps du pauvre étranger si charitablement secouru ; et c'est là qu'on vit bien souvent la charitable enfant venir, par la suite, réciter de ferventes prières, répandre de douces et pieuses larmes, et déposer même, de temps en temps, une couronne de fleurs, témoignage touchant et non équivoque de la tendresse et de la charité toute chrétiene de son cœur si grand en vertus et si bien fait pour servir d'exemple à tous ceux de ses compatriotes qui ne pouvaient se lasser de l'admirer et de la bénir.

VI

SENTIMENTS DE PITIÉ, MÊME POUR LES ANIMAUX.

Tout est respectable et digne de commisération aux yeux d'une personne qui a véritablement un bon cœur. Il suffit que ce soient des créatures du bon Dieu qu'elle voit souffrir, pour que, si elle a tant soit peu de religion, elle se fasse comme un devoir et une sorte de pieuse occupation d'exercer sa charité, même à l'égard de ces créatures qui sont privées de la raison, et qui sont, à ses yeux, déjà bien assez malheureuses que d'être privées de ce noble sentiment qui élève si fort l'homme au-dessus de la brute, et qui n'ont pas, comme nous, des ressources et des plaisirs qui les dédommagent des peines qui sont attachées à leur nature terrestre et grossière, sans compter qu'elles n'ont pas, comme nous aussi, à attendre la récompense qui nous a été promise à la fin de cette triste et misérable vie...

Souffrir et mourir, et puis après cela être enseveli à jamais dans le néant, tel est le sort de la bête, quelle qu'elle soit, tandis que l'homme, ce chef-d'œuvre de la création, cet être privilégié du Seigneur, peut compter sur une félicité éternelle, s'il est resté constamment fidèle aux devoirs faciles qui lui ont été prescrits ; et voilà ce qui rend le sort de l'homme si supérieur à celui des animaux ; mais voilà aussi ce qui devrait porter l'homme, cet être créé à l'image de Dieu, à rendre aussi doux que possible le sort de ces pauvres créatures dont la plupart, d'ailleurs, ont été créées pour notre plaisir et pour notre usage, et qui, pour cela même, comme pour les raisons que nous avons dites ci-dessus, méritent à tant d'égards notre commisération et nos soins...

C'est parce qu'elle était bien pénétrée de ces vérités toutes chrétiennes, que Marie de Saint-Aubin se montrait en tout et partout, non-seulement bonne et charitable à l'égard de ses semblables, mais qu'on la voyait se montrer, en toute occasion, sensible et compatissante, même à l'égard des animaux, surtout quand elle les voyait souffrir...

C'est ainsi que, si elle voyait souffrir un animal, on pouvait être sûr qu'elle allait aussitôt compatir à ses souffrances ou à ses privations. C'était ce sentiment de compassion naturelle, et plus encore son grand esprit de religion et de foi, qui lui faisait voir Dieu en tout, qui faisait qu'elle avait demandé à sa mère, et comme une faveur à laquelle elle paraissait bien tenir, d'être chargée du soin des animaux qu'on avait réunis et qu'on élevait dans la basse-cour : jamais servante ne fut plus exacte qu'elle à préparer et à donner à ces pauvres

petites créatures la nourriture qu'on
leur destinait journellement ; aussi il
fallait voir comme tous ces petits animaux la connaissaient, et comme ils
paraissaient contents quand ils la
voyaient leur apporter la nourriture
qu'ils étaient habitués à recevoir de sa
main bienfaisante !...

Un chien de garde de la maison étant
un jour parvenu à saisir une petite
colombe qui s'était imprudemment
échappée de son colombier, et qu'il
blessa cruellement après l'avoir saisie
dans sa gueule et pressée sous sa dent
meurtrière, Marie, qui s'en était aussitôt aperçue, courut bien vite au secours
de la pauvre petite bête qu'elle arracha
à la dent de l'animal furieux; et après
avoir fait enchaîner et renfermer le
chien, elle prit le pauvre oiseau dans
ses mains, le caressa mille fois dans
l'intention de le rassurer, pansa doucement ses plaies saignantes, chercha
à le réchauffer sur son cœur, et en
prit enfin tant de soins assidus, qu'elle

parvint heureusement à le guérir tout-
à-fait; si bien que la pauvre colombe,
qui semblait avoir compris et senti tout
ce qu'on avait fait pour elle, parut s'atta-
cher à sa jeune maîtresse, surtout depuis
ce jour-là, de telle sorte qu'elle ne
voulait plus pour ainsi dire la quitter,
qu'elle semblait ne plus vouloir manger
que quand c'était elle qui lui apportait
sa nourriture...

Mais là ne se bornait pas seulement
la pitié de la bonne Marie pour les animaux : l'hiver étant venu, et une neige
abondante étant tombée et s'étendant
partout, Marie s'aperçut, un jour qu'elle
regardait par les fenêtres de sa chambre, qu'il y avait dans la campagne, et
principalement sur la terrasse du château, une foule de pauvres oiseaux qui
cherchaient avidement et partout leur
nourriture, sans pouvoir en trouver
nulle part... « Pauvres petits, se dit-
» elle à l'instant, vous avez faim et
» vous ne trouvez plus rien pour vous
» rassasier, tandis que nous, nous

» avons tout ici en abondance ! Atten-
» dez donc que je m'occupe un peu de
» vous; car il ne sera pas dit que je vous
» laisse manquer de tout, tandis que rien
» ne nous manque à nous-mêmes !... »
Et, disant cela, Marie s'empresse de
descendre à son salon, elle prend un
gros morceau de pain frais s'avance
tout doucement sur la terrasse, èt pre-
nant bien ses précautions pour ne pas
effaroucher les oiseaux qui s'étaient
d'abord envolés, mais qui, se tenant à
distance, semblaient épier jusqu'à ses
moindres mouvements, elle eut bientôt
la consolation et le plaisir de les voir
revenir en foule pour recueillir avidement les miettes de pain qu'elle avait
eu soin de laisser tomber ou de répandre à dessein çà et là autour d'elle,
comme pour les inviter à venir, eux
aussi, prendre la nourriture que le bon
Dieu semblait ainsi vouloir leur envoyer, ce jour-là, par sa main... Marie
était si heureuse de voir l'empressement
de ces pauvres petits affamés qui la

suivaient de loin et qui paraissaient vouloir la remercier par leur joyeux babil, qu'on ne la vit jamais manquer un seul jour, tant que dura la saison de l'hiver, de venir répéter la même promenade et la même opération. C'est ainsi que cette aimable enfant se faisait elle-même, probablement sans s'en douter, l'économe visible de cette providence paternelle et divine qui a dit que Dieu n'abandonne jamais aucune de ses créatnres qui sont dans le besoin, puisqu'elle prend soin même des oiseaux qui ne sèment point et qui trouvent pourtant toujours leur nourriture : *Respicite volatilia cœli, quoniam non serunt, neque metunt, neque congregant in horrea; et Pater vester cœlestis pascit illa* (Matth., 6, 26.)...

Tant de vertus et une si touchante charité semblaient devoir attirer les regards du ciel qui n'attend pas toujours le moment de la mort pour les récompenser ; et le Seigneur qui ne se laisse vaincre en miséricorde, ne tarda pas, en effet, à récompenser Marie et sa vertueuse mère de tous les bienfaits que l'une et l'autre semaient depuis long-temps sur leurs pas...

VII

DES NOUVELLES DE LA GRANDE ARMÉE.

L'ARMÉE française avait suivi sa marche triomphante depuis Paris jusqu'à Moscou. Ce n'est pas, il est vrai, sans de grandes fatigues, ni même sans quelques-uns de ces revers, inséparables des grandes entreprises, que put avoir lieu un pareil succès : des combats fréquents, et où le sang avait coulé à grands flots, mais surtout la rigueur des frimas, qui tous semblaient s'être déchaînés à la fois contre les soldats de notre bien-aimée France, tout cela était cause que, nonobstant les victoires éclatantes qui avaient été remportées, grand nombre de héros étaient tombés, malgré l'habileté et le courage héroïque des chefs qui les conduisaient.

Déjà avaient eu lieu plusieurs célèbres batailles, entre autres celle de la Moskowa, dans laquelle trente mille Russes et quarante de leurs généraux payèrent de leur sang l'allocution guerrière dont Napoléon l'avait fait précéder ; mais vingt mille Français, qu'aucune gloire ne pouvait remplacer, ainsi que huit généraux, eurent le même sort ; et malgré tous ces revers, bien affligeants sans doute, l'armée était déjà sous les murs de Moscou...

Il semblait que tout allait être bientôt fini, et que, maîtres de cette immense ville de trois cent mille habitants, laquelle renfermait d'immenses magasins et des approvisionnements de toute espèce, les Français victorieux devaient trouver là une ample compensation à leurs fatigues et aux besoins nombreux qu'ils éprouvaient; mais le ciel en avait disposé autrement : et bien que Napoléon fût maître de cette importante capitale de la Russie, le malheur fit que cette vaste cité fut trouvée complètement déserte, et que, quand les Français y entrèrent, elle n'avait plus pour habitants que les blessés, les malades et la la plus infime population...

Ajoutons que, pour comble de disgrâces, toutes les provisions sur lesquelles on avait compté pour pourvoir aux besoins de l'armée française avaient disparu, ou étaient soigneusement cachées; si bien que, lorsque l'Empereur se fut rendu, le lendemain, au Kremlin, il n'eut plus là d'autres témoins de sa gloire que le silence de ce vaste monument de l'antique puissance des czars et le deuil triomphal de son armée, auquel vint tout-à-coup se joindre un immense incendie qui ne tarda pas de se répandre et de s'élever sur la ville toute entière.

Il est vrai que des efforts inouïs furent faits de toutes parts pour arrêter les progrès de cette catastrophe qu'avaient prévue et préparée les ennemis eux-

mêmes : mais le sort en était jeté, et
l'on peut dire que, dès ce moment, commença la complicité de la nature avec
la politique, à laquelle il semble qu'elle
avait dévoué tous ses fléaux : à huit
heures du soir, un vent terrible pro-
pagea subitement l'incendie, et à dix
heures la flamme s'élevait déjà sur
toute la ville.

L'empereur, fatigué de la journée
précédente, s'était couché à huit heures;
mais tout le palais fut bientôt réveillé
par les cris de l'armée et le fracas de
la destruction des édifices.

La journée suivante fut employée à
sauver l'arsenal, le Kremlin, plusieurs
palais et les hôpitaux, où gisaient les
blessés et les malades russes, qui allaient être dévorés tout vivants par
l'incendie allumé par leurs compatriotes, sans le courage et le dévouement
de leurs propres ennemis, les Français.

L'embrasement continuait cependant toujours sa marche progressive ;

et vers cinq heures du soir l'incendie entourait tellement le palais impérial, que Napoléon, craignant que ce grand désastre ne fût combiné avec une attaque nocturne, donna l'ordre du départ, et fut obligé de traverser les flammes pour se rendre au château de *Pétrowski*.

Ainsi fut malheureusement décidé le triste et déplorable sort de Moscou : cette immense et à jamais célèbre capitale de la Russie expira et disparut dans un océan de feu. De douze mille maisons qu'il y avait dans son enceinte, cinq cents seulement purent échapper à cet immense désastre; et de seize cents églises, un quart seulement demeura intact...

La flamme qui dévorait Moscou éclaira la marche de l'Empereur et de sa suite ; et ce ne fut qu'à travers bien des périls, et après des fatigues inouïes, qu'ils purent enfin arriver au but vers lequel ils avaient été contraints de se diriger pour y trouver un abri et un repos si chèrement achetés...

Cependant les soldats français, par des efforts que peut seule inspirer la nécessité, parvinrent à sauver du sein des décombres embrasés une quantité assez considérable de provisions en tout genre ; et pendant les six jours que dura l'incendie, ils trouvèrent le moyen de réparer leurs forces épuisées par une si longue marche et par leurs propres exploits...

Ce fut un spectacle tout-à-fait nouveau que celui d'une armée victorieuse campée autour d'une ville en flammes, et soulagée par des secours conquis par elle sur l'incendie qui anéantissait le fruit de ses triomphes.

Cette terrible scène française se passait à sept cents lieues de Paris.

Après son installation au Kremlin, Napoléon avait espéré que le monarque russe consentirait à entrer en accommodement avec lui ; et c'est dans cet espoir qu'il avait expédié un courrier

à Saint-Pétersbourg avec des proposi-
tions de paix ; mais le courrier revint
sans réponse ; et loin de compter sur
aucune sorte d'accommodement, les
Français apprirent bientôt que deux
nouvelles armées, fortes chacune de
soixante mille hommes, se préparaient
à leur couper la retraite, en les com-
battant de tous les côtés. Quelle position pour ces malheureux Français
qui se trouvaient déjà réduits à un
nombre presque insignifiant, et que
le froid, la famine et le fer faisaient
périr tous les jours en masse dans les
déserts glacés de la Russie !...

Ainsi commença de s'opérer dans ce
pays meurtrier, dont les gelées avaient
rendu les chemins impraticables, cette
désastreuse retraite de Russie, qui ne
fut pas, il est vrai, sans gloire, mais
qu'acheva de rendre encore plus déplorable la perte incessante d'une foule
de braves, tous dignes d'un meilleur
sort, que la mort semblait décimer à
plaisir, et qui presque tous tombaient

asphyxiés par le froid et mouraient en
marchant.

Ce ne fut qu'à Vilna que l'armée put
espérer d'être hors de danger. Déjà
cent quatre-vingts lieues la séparaient
de Moscou ; mais elle était réduite à
quatre-vingt mille hommes.

Le vingt-neuvième bulletin, qui venait d'être publié en France, agitait
fortement les esprits, et causait partout
une douleur et un étonnement faciles
à comprendre, mais bien difficiles à
peindre.

Les débris de l'armée française
finirent cependant par paraître sur les
terres de la patrie ; mais combien,
hélas ! fut petit le nombre des héros
qui avaient pu échapper à l'immense
désastre qui en avait emporté tant
d'autres ! et combien d'angoisses et de
douleurs qui étaient venues, à cette
occasion, s'asseoir au foyer d'une infi-
nité de familles françaises, jusque là
restées sans nouvelles sur le sort inconnu, les unes de leur enfant, les

autres de leur père, de leur époux,
de leur frère ou de leur ami !...

VIII

UNE GRANDE JOIE AU CHATEAU

LES nouvelles tant désirées, et si
justement comme si impatiemment
attendues, arrivèrent enfin au château
de Saint-Aubin. Il s'était fait là, depuis
le commencement de la campagne,
tant et de si ferventes prières pour la
conservation de celui qu'on y pleurait
depuis cette époque, qu'il semble que
le ciel devait aux pieux habitants de
cette maison bénie comme une sorte
de compensation et de récompense
pour cette longue et bien légitime
douleur.

Or cette récompense arriva enfin,
et ce fut le baron lui-même qui fut

chargé de l'y apporter : c'est ce qu'il
fit par une lettre qu'il s'était hâté d'é-
crire à sa famille dès son arrivée à
Paris, où il était en ce moment plein de
vie et de santé.....

Cette lettre tant désirée, qui fixait
enfin les incertitudes de la famille si
justement inquiète, et qui mettait fin
à toutes ses angoisses ; cette lettre,
dis-je, vint tout-à-coup apporter, au
milieu de ces pauvres cœurs ulcérés,
une joie d'autant plus grande qu'ou-
tre l'assurance et la preuve qu'elle
donnait de la parfaite santé du baron,
elle donnait en même temps une
autre grande nouvelle dont personne
n'avait encore entendu parler dans le
pays, et qui était que le baron de Saint-
Aubin, en récompense des brillants
faits d'armes par lesquels il s'était
illustré sur les champs de bataille de
la Russie, revenait au milieu des siens
avec le grade et les insignes de *général*...

Ainsi ce n'était pas assez pour l'heu-

reuse famille d'apprendre que bientôt
elle pourrait embrasser, plein de santé,
celui qui était, après Dieu, tout pour
elle , mais qu'elle aurait aussi la consolation et la gloire de le voir revenir à
eux avec un titre et des honneurs qui
le grandissaient considérablement aux
yeux de tous ceux qui l'avaient connu
et qui le chérissaient. Tant de joie et
de bonheur arrivés à la fois deman-
daient de la part de la famille de Saint-
Aubin des actions de grâces porpor-
tionnées : aussi qui pourrait dire tous
les sentiments de reconnaissance dont
le cœur de la baronne et celui de son
angélique enfant furent remplis et dont
ils débordaient de toute part, après la
lecture de cette bienheureuse lettre ?
Se mettre aussitôt à genoux, et lever
vers le ciel des mains suppliantes et
des yeux chargés de larmes, comme
pour mieux remercier le Seigneur infiniment bon qui venait de leur faire
tant de bien à la fois, fut l'affaire d'un
instant ; et c'est presque dans cette

pieuse attitude , comme au milieu de ces pieux transports , que le baron, qui était presque parti en même temps que sa lettre , vint surprendre et qu'il trouva son heureuse et pieuse famille qui le reçut toute tremblante de bonheur et avec des expressions et des sentiments de joie plus faciles à comprendre qu'à décrire...

La nouvelle de l'élévation et de l'arrivée du nouveau général ne fut pas plutôt connue et répandue dans la commune, qu'on vit accourir au château des personnes de toutes les classes qui venaient de toutes parts féliciter la famille de Saint-Aubin et surtout celui qu'on considérait déjà comme une des plus grandes gloires du pays. A la tête de cette multitude qui s'était empressée d'accourir, se voyaient le maire de la commune, suivi de tout son conseil, et le curé de la paroisse suivi de ses vicaires, ainsi que toutes les autres autorités du lieu, auxquelles s'étaient joints une escorte de cavaliers

et un corps de musique militaire qui
sachant que le général rentrait, pour
la première fois, dans son pays , et
qu'il venait surprendre et visiter sa
famille, avaient voulu lui faire cortége
et l'avaient suivi de loin, sans qu'il en
eût connaissance , afin de rendre
son entrée à Saint-Aubin et plus hono-
ble et plus solennelle...

Tant de mouvement et de bruit ne
pouvait avoir lieu sans que le pays tout
entier en fût bientôt instruit ; et voilà
ce qui fait que, quoique arrivé à l'im-
proviste, le baron était déjà entouré
d'une multitude immense et accompa-
gné des plus chaleureux *vivats*, quand
il mit pied à terre pour se jeter dans
les bras de sa famille qui ne pouvait
presque croire à tant de félicité...

Après les premiers moments donnés
à la joie si vive et si naturelle qu'on
avait de se revoir, et après avoir ré-
pondu aux félicitations nombreuses
qui lui arrivaient de tous côtés, le
général indiqua une fête à laquelle

furent invitées, sans exception, toutes
les personnes présentes qui avaient
bien voulu concourir à la gloire et au
triomphe de son retour au milieu des
siens...

Comme on le pense bien, les pauvres
ne furent pas oubliés dans cette fête
de famille, qui eut lieu, en effet, à peu
de jours de là, et à laquelle prirent
part les principales autorités du can-
ton, qu'on eut soin d'y inviter person-
nellement ; et l'on peut dire que la joie
y fut aussi générale et aussi expansive
que l'on pouvait s'y attendre et l'imaginer...

IX

LA SŒUR DE SAINT VINCENT DE PAUL.

Marie devait trop à Dieu, et elle
avait aussi le cœur trop bien placé pour
ne pas comprendre que des grâces si

signalées, et de la nature de celles qui venaient d'être accordées à sa famille, méritaient un témoignage de reconnaissance qui fût en rapport avec ce que le ciel venait de faire en faveur de sa maison ; elle avait donc pensé que ce qu'elle aurait de mieux à faire pour cela, en cette circonstance mémorable, c'était de consacrer à la gloire et au service de Dieu, qui l'avait si bien servie elle-même, les quelques années que ce bon maître voudrait bien lui permettre de passer encore sur la terre.

Comptant sur la piété éclairée de son père et de sa mère bien-aimée, comme sur le consentement généreux que ne voudraient pas lui refuser ces bons et religieux parents, elle se décida, quelques mois après le retour de son bon père, à s'ouvrir un jour à lui, pour lui faire connaître les dispositions où elle se trouvait alors, et le désir ardent qu'elle nourrissait depuis quelque temps en son cœur de se consacrer tout-à-fait à Dieu pour le reste de ses jours, en se livrant aux pieux exercices de la charité chrétienne dans une des maisons bénies des filles de Saint-Vincent de Paul, vers lesquelles elle s'était toujours sentie poussée par un attrait irrésistible et naturel qui datait depuis son enfance, mais surtout depuis l'époque de sa première communion, et principalement depuis la grâce insigne que le Seigneur lui avait faite de lui conserver si miraculeusement son bon père, au milieu des dangers imminents et redoutables qu'il lui avait fallu braver dans la campagne meurtrière qui venait de se terminer...

On pense bien que, dès la première ouverture qui lui fut faite d'un projet si opposé aux vues et aux desseins qu'il avait pour l'avenir de sa fille bien-aimée, le baron se récria d'abord, et qu'il parut vouloir s'opposer absolument à un projet qui renversait d'un seul coup tous les siens. Mais aussitôt que Marie lui eut exposé ses motifs, et surtout quand elle lui eut appris que c'était une promesse sacrée qu'elle avait faite au bon Dieu de prendre ce parti, dans le cas où le ciel voudrait bien lui conserver son bon père, en le faisant échapper aux mille dangers qu'il allait courir dans la campagne qui s'ouvrait alors en Russie, le baron, qui était au fond sincèrement religieux, ne trouva plus rien de raisonnable à opposer à des motifs si chrétiens ; et dans la crainte d'aller contre les vues secrètes et mystérieuses de la Providence, comme aussi pour ne pas contrarier trop ouvertement les goûts naturels de sa chère enfant pour la pratique des bonnes œuvres et en particulier de l'exercice de la charité, vers lesquels il savait qu'elle était depuis longtemps poussée, il sentit qu'il ne pouvait plus raisonnablement s'opposer à une demande si juste et si généreuse ; et loin de vouloir la combattre plus longtemps, il se sentit au contraire porté à la favoriser, en donnant lui-même à son angélique enfant, et en l'aidant à obtenir de sa vertueuse mère un consentement qui était demandé avec larmes, et que le ciel semblait aussi solliciter de son côté en faveur de son enfant chérie.

La seule chose que le baron se permit d'ajouter aux objections qu'il avait cru d'abord devoir faire à son enfant, et encore ne fut-ce que dans l'intention de mieux sonder sa vocation et pour mieux connaître la volonté du ciel à son égard, ce fut de lui faire observer qu'en agissant comme elle l'avait fait, elle avait peut-être agi avec trop de précipitation, et qu'il pouvait se faire qu'elle eût commis une imprudence en faisant une promesse que le Seigneur désavouait peut-être en ce moment, et dont elle pourrait avoir à se repentir plus tard elle-même ; mais il ne fut pas difficile à la pieuse Marie de renverser respectueusement tout cet échafaudage de raisons humaines, qui étaient plutôt une suite des sentiments de son père qu'un effet des lumières d'en-haut qu'on avait tant intérêt à recevoir et à connaître de part et d'autre...

Vaincus bientôt par la sagesse et la force des raisons que la sage Marie sut opposer aux difficultés que lui faisaient entrevoir de tous côtés son père et sa mère, ceux-ci comprenant enfin qu'on perdait tout au contraire en s'obstinant à lutter contre la volonté du ciel, finirent par donner leur consentement; et, bien qu'une telle détermination ne pût être prise qu'au milieu du plus grand déchirement de cœur, et avec un torrent de larmes bien naturelles et bien excusables, ce fut dans leurs bras qu'ils reçurent leur enfant chérie, et à travers mille sanglots qu'ils lui donnèrent cette bénédiction tant désirée que la vertueuse Marie reçut en pleurant abondamment elle-même, après s'être prosternée humblement à leurs pieds, et en assurant ses parents chéris qu'elle ne passerait pas un seul jour de sa vie sans prier le Seigneur de leur rendre au centuple, soit sur la terre, soit dans le ciel, le prix du sacrifice qu'ils avaient la générosité de faire pour elle, dans la vue de la gloire de Dieu et du salut des âmes.

Ce fut dans ces dispositions si chrétiennes, et après les circonstances si édifiantes que nous venons de raconter, que, toutes les démarches nécessaires étant faites, Marie put se séparer de ses vertueux et bien-aimés parents, et qu'elle partit pour aller faire à Paris, dans la maison principale des Filles de Saint-Vincent de Paul, le noviciat par lequel elle avait à se préparer aux vœux qui devaient, un peu plus tard, mettre le comble à ses désirs et l'autoriser à se livrer, sans contrainte, à tout le zèle que lui inspirait ce feu de la charité évangélique dont son cœur innocent et si chrétien brûlait, depuis bien longtemps, pour le bien et pour le salut de ses semblables...

X

UNE ANCIENNE CONNAISSANCE.

A peine Marie fut-elle arrivée à Paris, et eut-elle été installée dans la maison où devait se passer le temps de son noviciat, qu'on eut bientôt compris combien était précieux le nouveau trésor dont la Providence venait d'enrichir la communauté des filles de Saint-Vincent de Paul : sa douceur, son obéissance, son humilité, l'aptitude et le zèle avec lesquels elle s'acquittait de tous les emplois qu'on lui confiait, et, par-dessus tout, l'air d'innocence et de sainteté qui régnait sur toute sa personne, dont la figure était des plus distinguées; tout cela, joint à ce qu'on avait déjà appris, même avant son admission, des vertus précoces de cette âme privilégiée, tout

cela, dis-je, l'avait déjà fait chérir géné-
ralement, presque avant qu'on eût eu le
temps de l'étudier et de la bien connaître ; mais ce fut surtout quand on l'eut
mise à l'œuvre, qu'on jugea que ce se
rait commettre, en quelque sorte, une
injustice que retarder plus longtemps le
moment de son bonheur, après que les
jours de son épreuve seraient terminés:
aussi n'y eut-il qu'une voix, parmi les
dignitaires de l'ordre, quand il fallut
décider si Marie pouvait et devait être
admise. Elle le fut en effet, à l'unani-
mité, quand cette époque tant désirée
fut venue ; et l'intéressante enfant put
se considérer, dès ce moment béni,
comme une des heureuses sœurs de la
charité, parmi les filles de Saint-Vincent
de Paul, son saint père et bien-aimé
patron, à qui elle fut alors vouée et
consacrée à jamais...

Paris, où elle avait fait son noviciat,
fut l'heureux et le premier théâtre où il
lui fut permis de déployer l'ardeur du
zèle charitable et éclairé dont son cœur

avait brûlé depuis les premiers jours de son enfance, mais dont il brûlait d'une manière bien plus vive encore depuis qu'elle avait été instruite à fond de tous les pieux détails qui se rapportaient à la sainte vie qu'elle avait aujourd'hui définitivement embrassée...

Ce fut sur ce nouveau théâtre de charité que la trouvèrent diverses invasions d'une épidémie affreuse qui étaient venues successivement fondre sur la France, et plus tard une révolution politique des plus sanglantes, où les occasions ne lui manquèrent pas de déployer un zèle et une charité qui l'eurent bientôt fait remarquer et chérir, même de la part de ceux qui n'avaient que des idées et des sentiments très équivoques, tant à l'égard de la religion qu'à l'égard de ceux ou celles qui en portaient l'habit.

C'est dans une de ces occasions mémorables, et pendant une journée sanglante où tout était comme en combustion dans la capitale, que la sœur

Marie fit, dans une de ses visites de
charité, une rencontre sans doute très
inattendue pour elle, mais que la Providence avait assurément ménagée pour
donner un moment de grande consolation à son cœur, naturellement si bon
et si compatissant pour les malheureux
en général.

Pendant qu'elle faisait, un jour, dans
un hôpital où l'avaient appelée son devoir et son obéissance, la visite d'une
des salles où l'on apportait à tout instant quelqu'un des nombreux blessés
que faisait la révolte, elle fut reconnue
et appelée auprès d'un lit par un de
ces malheureux qui s'y trouvaient éten-
dus. La sœur Marie s'approche, tout
étonnée de cet appel; et de cette voix
si douce et si pleine de consolation et
d'encouragemeut qu'on lui connaît,
elle prie le pauvre blessé qui l'a appelée à son secours de lui dire ce qui
peut lui être agréable, et ce qu'il
attend de son ministère : pour toute
réponse, l'infortuné blessé tire de sa

poitrine une médaille de l'immaculée Conception, qu'il portait alors sur lui, suspendue à un cordon ; et la lui présentant, il dit à la bonne sœur, qui ne comprenait encore rien à cela, mais qui était touchée des larmes d'attendrissement et de reconnaissance dont la voix et les yeux du pauvre blessé paraissaient remplis :

« Vous ne me reconnaissez pas, ma
» sœur , j'en ai la certitude, car vous
» ne vous attendiez pas assurément à
» me trouver ici , surtout à pareil jour
» et en pareille compagnie ? Mais
» peut-être que vous reconnaîtrez
» cette médaille miraculeuse et trois
» fois bénie que vous me donnâtes
» vous-même , avec tant bonté , dans
» le château de Saint-Aubin, le jour
» où s'y mourait le pauvre Firmin ,
» mon père, cet infortuné roulier dont
» le pied avait été écrasé sous sa char-
» rette le jour où il passait tout près de
» chez vous , sur le grand chemin , et
» que madame la baronne et vous

» accueillîtes avec tant de bonté , et
» que vous soignâtes avec tant de
» charité jusqu'au moment de sa mort ,
» presque en présence de sa pauvre
» veuve et de ses enfants que vous
» eûtes encore la charité de faire
» prévenir , aussitôt que vous eûtes
» connaissance de l'endroit qu'habitait
» la famille de l'infortuné que vous
» aviez si charitablement et si géné-
» reusement secouru...»

— Quoi ! vous êtes un des fils de ce
pauvre Firmin ? répondit en pleurant
la bonne sœur Marie.

— C'est moi-même ; ajouta l'inter-
ressant blessé ; et voici ce qui vous
expliquera tout de suite comment il
se fait que je me trouve ici aujour-
d'hui , et combien je m'estime heureux de vous y rencontrer. Et la
bonne sœur s'étant assise familière-
ment à côté du lit du blessé , après
s'être assurée toutefois que le malade
n'avait besoin de rien pour le moment ,
le fils de Firmin ajouta :

« Après que nous eûmes perdu notre
» bien-aimé père, à qui vous aviez
» donné tant et de si touchantes
» preuves de votre charité toute
» chrétienne, nous retournâmes, ma
» mère et nous, à notre pays, où
» nous savions que nous aurions à
» travailler pour venir en aide au reste
» de la famille. Ma mère étant morte,
» depuis cette époque, et mon frère
» s'étant consacré à la culture de notre
» petite terre, pour songer au soula-
» gement du petit frère et des deux
» jeunes sœurs orphelines qui nous
» restaient, je me décidai alors à
» prendre du service dans l'armée,
» tant pour diminuer un peu les
» charges de mon frère, que pour
» voir si je ne pourrais pas, par le
» parti que je venais de prendre,
» procurer un peu d'argent à la
» maison que j'étais malheureusement
» forcé de quitter. C'est depuis cette
» époque, et dans la fâcheuse position
» où cela m'a fait trouver, qu'es-

» survenue la déplorable insurrection
» qui a éclaté ces jours-ci, et qui a
» malheureusement forcé les soldats de
» s'armer contre le peuple qui voulait
» renverser le gouvernement de ses
» chefs légitimes que notre position
» actuelle nous obligeait de défendre
» envers et contre tous... C'est donc
» dans le cas de légitime défense que
» les balles ennemies me sont venues
» trouver et qu'elles m'ont conduit ici.
» Je regarde maintenant comme une
» grande grâce de n'avoir pas été tué
» du premier coup ; et ce miracle,
» je l'attribue, ma bonne sœur, à
» votre sainte médaille que je n'ai
» jamais quittée, et que je portais
» encore sur moi au moment du
» combat, comme vous venez de
» vous en convaincre vous-même ;
» c'est ainsi, ma digne sœur, que je
« vous devrai deux fois la vie, et plus
» que la vie encore, puisque, je l'es-
» père, je pourrai, avec votre
» secours, me confesser avant de
»

» mourir et obtenir les mêmes secours
» religieux que vous eûtes la charité
» de procurer vous-même à mon père
» défunt, lorsqu'il était dans une posi-
» tion à peu près semblable à la
» mienne..... »

Touchée jusqu'aux larmes de ces
détails si attendrissants et si édifiants
que lui venait de donner le pauvre
blessé, la bonne et charitable sœur
Marie s'empressa d'aider son intéres-
sant malade à faire une bonne confes-
sion ; puis elle se hâta d'aller avertir
le respectable aumônier de la maison
qui vint remplir auprès de cet infortuné les saints devoirs de son ministère ;
et l'un et l'autre eurent bientôt la
consolation de le voir recevoir, avec
les sentiments de la foi la plus vive et
de la plus grande piété, les derniers
secours de la religion qui, en l'aidant
à faire une sainte mort, laissèrent au
pieux aumônier et à la bonne et pieuse
sœur Marie la consolation de penser,
avec raison, que, s'ils avaient perdu

un ami de plus , ils avaient au moins contribué , l'un et l'autre], à envoyer une âme de plus au ciel...

XI

LA COURONNE APRÈS UNE VIE CHRÉTIENNE.

Plusieurs années se passèrent encore , pendant lesquelles la bonne et si vertueuse sœur Marie continua de faire , dans le saint exercice de son état tout de charité , une ample provision de vertus et de mérites que le Seigneur se plaisait d'augmenter d'un jour à l'autre , jusqu'à ce qu'il l'eut rendu un des plus beaux fruits dignes de figurer sur la table du festin éternel et de l'Agneau dans le ciel...

Le cœur toujours plus brûlant du désir de faire de nouvelles conquêtes

pour la gloire du Seigneur son Dieu
et son époux, autant que pour le
salut de ses frères, la sainte enfant
s'était élancée, sans ménagements pour
sa santé, dans cette voie généreuse
et toujours plus méritoire des bonnes
œuvres et des sacrifices : c'est ainsi
qu'au plus fort d'une épidémie meurtrière, pendant un de ces choléras qui
faisaient partout où ils venaient à écla-
ter, des milliers de victimes que rien
ni personne ne pouvait sauver, on
la vit courir, sans se donner jamais
un instant de repos, d'une maison
à l'autre, d'un lit et d'un malade à
l'autre, bravant le fléau avec une
audace et une générosité qui pouvaient
passer pour de la témérité sur la terre,
mais qui au ciel étaient consi-
dérées comme des actes du plus parfait
héroïsme...

Tant de fatigues et de dévouement
devaient naturellement aboutir à une
catastrophe : et la généreuse vierge
finit, en effet, par être atteinte elle-

même du mal qui devait l'enlever à
l'admiration des hommes. Victime de
son dévouement et de son zèle, on la vit
bientôt s'aliter, réduite aux souffrances les plus horribles, mais remerciant
avec larmes le Seigneur, son divin
époux, de ce qu'il avait enfin daigné
exaucer sa prière, et de ce que,
avant de l'appeler à lui, il voulait
bien l'honorer et l'enrichir de la
double palme de la virginité et du
martyre de la charité chrétienne,
trésor infiniment précieux et bien cher
à son cœur, puisqu'il était pour elle
le gage certain et l'annonce anticipée
du bonheur éternel dont ces deux
vertus allaient la mettre en posses-
sion, en lui faisant acquérir cette
couronne céleste qui doit être la
récompense assurée de tous ceux qui
auront persévéré, jusqu'à la mort,
dans la pratique fidèle de tous les
devoirs chrétiens, selon la parole
de Dieu même : *Soyez fidèle jusqu'à
la mort, et je vous donnerai la couron-*

ne de vie. (Apoc. 2, 10.) Aussi quelle reconnaissance et quelle joie pour la vierge chrétienne lorsque , munie du pain des forts et du sacrement qui console et qui purifie les mourants, elle put entendre cette voix intérieure , descendue du ciel , qui lui disait au fond du cœur : « Viens du Liban , » mon épouse bien-aimée ! quitte cette » terre grossière sur laquelle tu as si » vaillamment combattu pour moi » jusqu'à ce jour ; viens et arrive » jusqu'à moi afin que je te couronne. » *Veni de Libano , sponsa mea , veni de Libano , veni, coronaberis.* (Cant., 4, 8.)

Docile à la voix céleste et divine qui l'appelait , la chaste colombe prit avec empressement et bonheur son essor vers le séjour de l'éternel béatitude où sa foi et sa charité la firent assurément admettre sans le moindre retard , et où il n'y a aucun doute qu'elle goûte aujourd'hui cette joie pure et inénarrable qu'éprouvent ceux qui se voient délivrés de leur captivité , et qui se réjouissent comme le laboureur se réjouit à la vue d'une abondante moisson , ou comme se réjouissent les victorieux lorsqu'ils ont pillé leurs ennemis et qu'ils partagent le butin : *Lætabuntur coram te , sicut qui lætentur in messe , sicut exultant victores , capta prædâ , quando dividunt spolia...* (Isaïe , 9, 3.)

L'ARBRE DE NOEL.

C'était en 1820. La France avait enfin recouvré la paix et le calme : le sang avait cessé de couler, l'exilé retrouvait sa patrie, le soldat rentrait sous le toit natal, toutes les larmes étaient taries. Toutes !... Oh ! non : le brave resté au champ d'honneur avait laissé après lui une mère, une épouse, des enfants ; il en était pleuré ! D'autres aussi répandaient des larmes ; alors ce n'était plus la mort ; mais une cruelle incertitude qui les faisait couler.

On arrivait au mois de décembre : un immense tapis de neige couvrait la terre. Tout était triste, silencieux ; seulement on entendait le murmure du vent qui agitait les branches des arbres et faisait rouler la neige en légers tourbillons. Rassemblés sur la place d'un petit village de la Vendée, des enfants avaient abandonné le jeu des boules de neige ; ils formaient des groupes ; ils s'entretenaient des surprises du soir, car le jour était bien heureux pour cette enfance folâtre. Le matin on avait célébré la naissance du Sauveur ; et le soir l'arbre de Noël devait récompenser les enfants sages et obéissants.

— Ce soir n'arrivera donc jamais ! disait l'un deux : comme le jour est long. Ah ! c'est que ce soir je serai si heureux ! ma bonne mère m'embrassera aussi tendrement qu'elle le fait lorsque son petit Laurent a été bien sage. — Puis l'on se rangera autour du foyer, dit la petite Ketty ; une belle histoire sera contée, et à minuit, quand les cloches sonneront à l'église, les enfants ne seront point couchés ; mais nos mères découvriront le bel arbre, et il y aura un beau repas pour accompagner le présent de l'Enfant Jésus. — Comme nous serons heureux ce soir ! dit un des enfants à la figure joyeuse, oh ! oui, nous le serons tous ! Quel bonheur ! Et cette exclamation fut répétée de bouche en bouche. Seulement un soupir vint l'interrompre ; alors tous les regards se tournèrent vers Julien, vers sa petite sœur Louise. Ils étaient tristes tous deux. Ah ! c'est que la joie et le plaisir ne leur étaient pas promis pendant cette soirée ; ils ne devaient point rire, les pauvres enfants ! Depuis longtemps la chaumière du vieux Raymond ne voyait que des larmes.

En ce moment la nuit commençait à tomber ; la neige prenait une teinte brunâtre, il faisait froid, et les mères rappelèrent leurs enfants. Julien et Louise

rentrèrent aussi dans la chaumière paternelle. Autour d'une longue table était
déjà rangée toute la famille : le vieux
Raymond y était entouré de ses enfants,
de ses petits-enfants, parmi lesquels
se trouvaient Louise et Julien. Le bon
vieillard jeta autour de lui un regard
satisfait ; mais l'on n'attendait plus
personne ; déjà on avait dit la prière
qui précède le repas, et pourtant il y
avait une place vide !...

En l'apercevant, le front du vieillard se rembrunit, la bonne Catherine,
la mère de Louise et de Julien, se dé-
tourna pour essuyer ses larmes, et le
repas fut silencieux.

Pourquoi ces larmes ? pourquoi cette
place vide, cette tristesse dans un jour
de bonheur ? Vous allez le savoir.

« Raymond avait deux fils, tous deux
pères de famille, mais un seul paraissait
près de lui ; l'autre, l'époux de la pauvre Catherine, n'était plus sous le toit
natal. Dans des jours de trouble et de
carnage, Maurice, forcé de se faire

soldat, avait rejoint la grande armée.
D'abord il fit parvenir de ses nouvelles;
puis il n'écrivit plus. Depuis ce temps,
tous les prisonniers retenus en Sibérie
avaient revu la France, et Maurice n'é-
tait point parmi eux. Était-il mort?
Cette pensée ne pouvait être envisa-
gée qu'avec effroi, et Catherine n'osait
s'y arrêter. »

Voilà donc quelle était la cause de
cette douleur muette, car l'absence est
bien plus sensible dans ces jours solen-
nels où les familles se réunissent, où
l'on parle du passé et de l'avenir, où
le vieillard raconte les songes joyeux
de sa vie, et où l'enfance cesse d'être
folâtre pour devenir écouteuse.

Déjà la nombreuse famille est assise
autour du foyer; mais personne ne
prend la parole; tous les cœurs sont
oppressés, et la joie fait place à la tristesse. Tout-à-coup ce silence est inter-
rompu : la porte retentit de plusieurs
coups. Sans doute c'est un voyageur qui
réclame l'hospitalité. On ouvre : un

inconnu se présente ; une longue barbe descend sur sa poitrine ; il est couvert de haillons ; la fatigue et la souffrance semblent avoir altéré son visage ; il est pâle, défait, et un gros bâton sert à soutenir sa marche chancelante.

— Le temps est affreux, je suis encore loin de mon habitation, pourriez-vous m'accorder un asile ? demanda l'inconnu. — Nous ne l'avons jamais refusé à personne, répond Raymond : étranger, sois le bienvenu. — Celui-ci entra, après avoir remercié ; il secoua la neige qui couvrait ses vêtements, et le cercle qui s'était formé autour du foyer s'agrandit pour lui faire place.

— Vois donc, observa tout bas Louise à Julien, vois donc cette grande barbe, et puis comme il est pâle ! Et en disant ces mots, la petite fille se pressait contre son frère et serrait son bras avec terreur. — N'aie donc pas peur, Louise, ajoutait Julien ; regarde-le bien : il a l'air si bon !

Cependant l'étranger ne fut pas plutôt assis. qu'il jeta un regard autour de lui : il sembla frappé d'une idée soudaine, son front s'éclaircit, et les enfants remarquèrent dans ses yeux des larmes qu'il s'efforçait de cacher. Enfin, après un moment de silence, Raymond, le bon vieillard, prit la parole : — L'hiver est bien rigoureux cette année, dit-il à l'étranger. — En effet, la neige est abondante, répondit celui-ci ; mais quand on a vécu en Russie, le climat de la France paraît doux. — Vous avez été en Russie ? reprit vivement Catherine ; sans doute vous étiez soldat de l'empereur ?... La voix expira sur les lèvres de la veuve, et elle retint avec peine ses sanglots : ses deux enfants accoururent, et leurs mains caressantes essuyèrent ses larmes. En les regardant, Catherine sourit, ses yeux s'élevèrent vers le ciel ; elle semblait le remercier, car elle n'avait pas tout perdu. Elle était encore mère !

A la vue de cette scène touchante, un sentiment pénible parut sur tous les visages, et Raymond, pour le dissiper, pria l'inconnu de leur raconter ses aventures.

— Volontiers, répondit-il; mais mon récit vous attristera, car j'ai bien souffert; j'ai été bien malheureux! pourtant la Providence ne m'a jamais abandonné.

Vous aurez peine à reconnaître en moi un ancien soldat de Napoléon. Pendant ces jours de calamité où nous n'avions d'autre carrière que celle des armes, on m'arracha à ma patrie, à ma famille, à tout ce qui m'était cher. Il fallut partir. L'empereur était alors en Russie. Ce fut pendant cette campagne désastreuse que je commençai le métier des armes. Je croyais à l'espérance, à la gloire : j'étais enthousiasmé. Qui ne l'eût été en ayant pour chef cet homme extraordinaire, l'amour et l'adoration du soldat? Un seul de ses regards nous faisait oublier toutes nos souffrances! Hélas! la fortune s'était lassée : elle l'abandonna. Blessé pendant le passage de la Bérésina, je vis s'éloi-

gner mon empereur, mes compatriotes; moi, je restai. Les Russes me rappelèrent à la vie. Ah! combien je les
trouvai cruels! Pourquoi m'arracher à
la mort, puisqu'ils me réservaient un
sort mille fois plus affreux? En effet,
dès que mes blessures furent cicatri-
sées, on me réunit à plusieurs compagnons d'infortune; on nous envoya en
Sibérie : là un esclavage éternel nous
était réservé. Vous ne connaissez point,
sans doute, toute l'horreur de cette
punition? Dans un pays affreux, toujours couvert de glaces et de neiges, il
fallait travailler, obéir, souffrir, et
cela pour toujours !

Toujours!... Quel mot affreux!
quand on pense que pas un rayon d'espoir, pas un mot de consolation ne
devait venir ranimer le cœur et re-
donner des forces! Souvent je ren-
contrais mes compatriotes; mais leur
vue, loin d'apaiser ma douleur, ne
faisait qu'y ajouter. Je ne devais donc
plus rentrer dans ma belle patrie, em-

brasser une épouse adorée; mes en
fants ne devaient plus se présenter à
mes regards. Je les avais perdus pour
toujours; toutes les douceurs de la
vie m'étaient refusées sous le ciel né-
buleux, si différent de celui de la
France.

Le désespoir ne connaît point d'obstacles. Je voulais revoir ma famille,
mon pays, car toujours souffrir était
au-dessus de mes forces. Après plusieurs tentatives infructueuses, je par-
vins à échapper à la vigilance de mes
gardiens : je m'enfuis. Je parcourus
une longue suite de déserts et de villa-
ges misérables, demandant un asile et
le chemin de la France. Souvent on
m'accordait la première de ces deman-
des; l'autre était à peine comprise. Le
pays était toujours aussi affreux; le
froid, la faim, la fatigue me faisaient
horriblement souffrir; mais j'étais libre,
et cette pensée diminuait mes douleurs; j'allais arriver dans mon pays,
et cette idée me rendait presque heu-

reux. Hélas! bien des obstacles devaient m'être opposés avant de parvenir au but de mes désirs. En voulant
m'en rapprocher, j'ignorais que je
m'en éloignais : la mer seule m'arrêta.
Il fallut retourner sur mes pas ; je ne
me décourageai point pour cela. Enfin, pendant cinq ans, j'errai de contrée en contrée, en proie à la plus horri-
ble misère, mais surmontant tous les obstacles pour retrouver la France. Vous
le voyez, mes vœux sont exaucés. J'ai
bien souffert, mais j'ai revu la France,
et tous mes maux sont oubliés. La Vendée est aussi mon pays ; je voulais ce
soir regagner mon village, reparaître
dans ma famille, retrouver tout ce que
je croyais à jamais perdu, mais le temps
m'a arrêté. Puis, il me semble que ce
serait trop de bonheur à la fois. Demain je pourrai presser mes enfants
sur mon cœur ; demain je m'entendrai
appeler du doux nom de père ; ah!
demain, je serai si heureux que je
ne regrette plus mes souffrances! Mon

père, mon épouse, je vais donc vous revoir !... Oui, c'est trop de bonheur après l'exil ; mais l'on ne meurt pas de plaisir, et si cela était, je donnerais ma vie tout entière pour cet heureux instant !... Et en disant ces mots, le soldat de la grande armée cherchait, mais en vain, à retenir ses larmes ; ses yeux semblaient interroger tous ceux qui l'entouraient ; on ne pouvait y lire qu'un sentiment indéfinissable. Enfin ils rencontrèrent ceux de Catherine. Ils étaient pleins de larmes, mais un rayon d'espoir était peint sur son visage ; le vieux Raymond considérait l'étranger avec anxiété ; et les deux enfants de Catherine, attirés par un attrait irrésistible, étaient venus se placer sur les genoux de l'inconnu, qui les serrait avec attendrissement contre sa poitrine.
— Il ne vous reste plus qu'à savoir mon nom ? dit le soldat... — Ah ! nous l'avons deviné ! s'écria Catherine : Maurice, Maurice, n'est-ce pas, c'est bien toi ?... Et la jeune femme s'est précipi-

tée dans les bras de son époux. —
C'est lui! c'est bien lui! dit le vieux
Raymond au comble du bonheur : mon
fils, mon cher Maurice! et le vieillard,
en prononçant ces mots pressait sur
son cœur ses deux enfants. — O mon
Dieu! je te remercie, s'écria Raymond;
maintenant, je puis mourir content,
mes enfants sont heureux!...

Bientôt Maurice est entouré : son
père, toute sa famille est là. Près de
lui sont ses parents, ses amis. Ce jour
délicieux, acheté par tant d'années
d'infortune, le voilà, il est enfin arrivé.
Louise et Julien passaient alternative-
ment dans les bras de leur père, dont
ils recevaient les doux baisers. Eux
aussi avaient leur belle fête ; le présent
de l'arbre de Noël était bien beau pour
eux! l'Enfant Jésus ne leur avait-il pas
rendu un père?

Dès le matin du lendemain, ils se mê-
lèrent gais et contents aux jeux de
leurs petits amis. Ce fut avec un empressement bien grand qu'ils vinr

depuis se ranger tout joyeux près du foyer, car ils étaient aussi bien heureux. La tristesse avait disparu de la maison ; alors la place vide était remplie, et avec le retour du prisonnier de Sibérie , le bonheur était revenu sous le chaume du vieux Raymond.

FIN.

Limoges. — Imp. F. F. Ardant frères.

www.ingramcontent.com/pod-product-compliance
Lightning Source LLC
Chambersburg PA
CBHW060432260626
47161CB00005B/1893